한국 희곡 명작선 34

애국자들의 수요모임

한국 희곡 명작선 34

애국자들의 수요모임

김수미

평민사

수기

애국자들의 수요모임

등장인물

백일순 - 복부인, 50代 후반.
조신형 - 목사, 50代 중반.
홍영식 - 회장, 50代 후반.
임진구 - 실장, 40代 후반
이애정 - Miss Korea 출신, 30代 중반.
파출부 - 50代 초반.
도둑 - 가면 쓴 사내, 60代 후반.
도둑아들 - 가면을 쓴 30代 초반.
수위 - 30代 초반

곳

서울 강남 고층 penthouse

때

21세기 어느 저녁

무대

무대 뒤로 서울의 야경이 내려다보이는 창이 병풍처럼 서 있고
양 옆으로 출입문과 주방으로 통하는 문이 나있다. 중앙엔 카드
게임을 위한 둥근 테이블이 놓여있고 무대 한쪽의 큰 액자는 영
상 효과로 활용하기도 한다.
(이 극에서 카메라의 시점은 c.u 혹은 대사와 전혀 다른 극 행동
을 잡아내거나 변이되거나 하면서 다양하게 극에 이용됨과 동시
에 다의적인 의미를 생산해내며 제3의 눈이 된다)

1막

막이 오르기 전 몇 분…… 조용히 음악이 흘러나온다.

엘튼 존의 Can you feel the love tonight.

음악이 끝나면서 막이 오른다.

중앙에 놓여 있는 테이블에는 백일순, 이애정, 임 실장, 조 목사, 홍 회장이 둘러 앉아 카드게임을 하고 있다. 창문으로 서울의 화려한 야경이 보인다.

Willie Nelson의 Always on my mind 노래가 나온다.

복부인이 지시하자 애정은 주방에서 애피타이저와 술을 나르고 다른 사람들은 간혹 음식을 먹고 카드놀이를 한다. 애정은 자리에서 일어날 때나 주방에서 올 때마다 관능적인 몸짓을 하고 임 실장에게 윙크를 보낸다.

무대 뒤쪽에 설치된 스크린에는 객석 쪽에서 촬영하는 카메라에 의해 공연 중인 배우들의 모습이 비쳐진다.

카메라 (객석에서) 시작하시죠. 누구부터 하시겠습니까?

백일순 소개할 시간이 됐다네요.

스크린에 비춰지는 인물들, 서로 여유로운 웃음을 나누며 먼저 하라고 시선을 보낸다.

백일순 제가 이 집 주인이니 저부터 하지요.

카메라가 백일순을 비추면 자리에서 일어선다. 그 어조가 당당
하다.

백일순 안녕하시죠? 백일순입니다. 여러분은 지금 몇 층에 사
는지 모르겠지만 여긴 공기가 좀 달라요. 물론 요즘 35
층이 뭐 그리 높겠습니까마는 살아보면 다르다는 거 알
아집니다. 다 아래로 보이니까…… 아, 이건 정말 말 그
대롭니다. 내가 어떤 편견이나 편협한 시각으로 다른 의
미를 집어넣어서 말한 게 아니라는 거죠. 그럼에도 불구
하고 꼭 그렇게 듣는 사람 있어요. 삐딱하게…… 한 달
에 두 번, 수요일 저녁이면 제 집에서 모임을 가져요. 친
목도 다지고, 사업도 의논하면서…… 이 나라의 안녕을
도모하는…… 정말이지 배울 게 많은 분들입니다. 다음
은…….

홍 회장 (가볍게 손을 들며) 내가 합시다.

백일순의 자리로 돌아가 앉고, 스크린에는 홍 회장의 영상이 비
춘다.
홍 회장, 천천히 거드름을 피우면서 일어나 자기소개를 한다.

홍영식 나, 홍영식이요. 알 만한 사람은 다 아는 건축회사를 가지고 있소. 서울이나 고급 휴양지에 실속 있고 제일 비싼 건물들은 우리 회사서 지었지. 내 취미는 시를 짓는 거요.

백일순 솔직하셔도 되는 자리에요, 회장님.

홍영식 (웃으며) 내가 이래서 이 모임을 좋아해. 거짓으로 사람을 사귀지 않아도 된다는 거, 이게 얼마나 좋으냔 말이야. 내가 시 좋아한다는 건 우리 회사 홍보용이고, 사실은 나, 시 몰라. 내가 책 볼 시간이 어딨어. 골프 칠 시간도 없는데. 경주용차 모으는 거는 맞고…… 애들도 미국에서 학교 다니고, 집사람이랑 주말에 등산 다니는 것도 맞아요. 집사람이랑 같이 하기에 이만한 취미가 없어요. 돈도 안 들고…… 다음은 조 목사님이 하시지요?

홍 회장, 미소를 지으며 유유히 자리로 돌아가 앉는다.
스크린에는 조 목사가 잡힌다.

조신형 조신형 목사입니다. 고향은 평안도 강계고, 세 살 때 그러니까 그때가 한국동란 때. 남한으로 피난 와서 지금껏 삽니다. 동란 후 어렵게 살았고 고생도 많이 했수다. 하지만, 하나님이 주신 신앙 때문에 참 삶을 찾아 지금까지 하나님사업을 합니다. 우리 교회의 전도사업은 세계 오대륙에 뻗쳤고 한국과 미국 주 도시에 초대형 교회를 세워 주님을 기쁘게 합니다. 할렐루야! 여러분들도 물질적 사회에 탐닉만 하지 말고 우리 교회 "순진리 성회"로 찾아오세요. 전화 상담도 언제나 가능합니다. 전화번호는 02-108-4989.

조 목사가 돌아가 자리에 앉고 임 실장에게 술을 따르던 애정이 관능적인 포즈를 취하며 방긋이 웃으며 일어난다.

애정　한때는 미스코리아였고, 짧게는 배우였죠. 몇 편 찍기는 했는데 별 재미를 못 봤어요. 결혼하면서 배우생활은 접었어요. 결혼은…… 많은 여자들이 과거 하나쯤 숨기고 살잖아요. 나 역시 예외는 아니죠. 이게 나예요.

애정, 생긋 웃으며 제자리로 돌아간다.
카메라가 임 실장을 잡는다. 임 실장, 앞으로 나서며…….

임 실장　마지막이 내요? 이름은 임진구. 경상남도 사천 출생. 고등학교 때 서울로 올라 왔고…… 처음 서울 왔을 때 촌놈이라고 놀림도 마이 당했지. 말투를 바까볼까 생각도 했는데 고집이 팔자를 만든다꼬 아직 이라고 삽니다. 미국서 대학 다닐 때 결혼을 했는데, 결혼이라기보다는 일단 자빠트리고 본 거지. 여자만 결혼으로 팔자 피는 게 아니고 남자도 한가지라, 장인이 잘사니까 박사과정까지 별 어려움 없이 평탄하게 마쳤지. 내 직장에 대해선 말하기가…… (클로즈업 들어간다) 허허, 카메라 좀 뒤로 빼소. 교양 없구로. (카메라 완강하다) 워낙 하는 일이 비밀로 되어 있어가…… 그냥 청와대에서 그것도 중요한 요직의 실장이다 정도만 알아두시고, 공직자로서 정치적 윤리를 말해 두자면 남을 해치고 아귀다툼을 하면서 경쟁하는 사람은 아니라는 거. 뭐, 그럴 필요 있나? 싫은 사람을 만나면 피하든지 반응을 안 하면 되는데…… 괜히 시끄럽게 일 만들 필요가 없어요.

임 실장, 자기 자리로 돌아간다.
카메라에 찍힌 그들의 모습은 스크린에 투영된다.
모두들 테이블에 둘러앉아서 카드게임을 한다.
몇은 BET을 내지 않고 카드를 본다.

애정 모두 칩을 내세요. 돈 내고 돈 먹기.

모두 BET을 하고 몇 번 레이스를 한다.

홍 회장 내가 또 이겼군요. 오늘은 재수가 좋아. (칩을 가져간다. 복부인을 보며) 근데 백 여사, 딸 혼사는 어떻게 된 거요?

백일순 제가 결례했네요. 그렇다고 아시는 분마다 불러서 설명할 수 있는 일도 아니라서…….

홍 회장 무슨 일이 있었는데?

백일순 취소 됐어요.

홍 회장 그거 몰라 묻나? 소문 쫙 돌았던데. 이유가 뭐냐는 거지?

백일순 아휴, 속이 상해서. 처음부터 일이 안 되려고 했는지 뚜쟁이 친구가 첫선 보고 나서부터 그냥 서둘러 야단법석을 치더라니…… 빨리 보상을 받으려고 눈이 벌게진 거지. 6주 만에 약혼하고 지난달로 결혼 날 잡았잖아요.

조 목사 신랑 될 총각이 미국에 있다지 않았나?

백일순 친구들이며 친지들이며 전부 미국행 티켓까지 끊어 놨는데 피해가 막심했죠.

홍 회장 어지간하면 삼키지, 내 입에 딱 맞는 밥상 받기가 쉬운가.

애정이는 알고 있다는 듯 고개를 끄덕인다.

조 목사와 임 실장은 몰랐다는 듯 관심을 가진다.

백일순 오죽하면 밥상을 엎었겠어요. 신랑 될 자리가 어릴 때 부모 따라 미국으로 이민 가서 하버드 대학, 그리고 예일 의과대학을 졸업했는데…….

임 실장 머리는 있구만…….

백일순 그것만 있으니 사람 환장하죠. 글쎄, 결혼은 다가오는데 하는 짓이 미적, 미적, 어찌나 답답하던지. 내가 돈 10억을 미화로 장만해서 그놈에게 보냈어요. 요즘 환율이 좀 쎄요. 그래도 어떡해요. 좋은 동네에다 방 세 개 정도 아파트 사고, 벤츠 사서 상미가 미국 가거든 비행장에 영접하러 나오라고 일렀죠. 그런데 그 멍청한 녀석이 가타부타 말이 없어요.

애정 돈 먹고 입 씻은 거예요?

백일순 그랬으면 콩밥 먹이고 간단하게 정리하지. 상미가 가니까 벤츠 타고 영접은 했는데 아파트에 도착해보니 전부터 녀석이 살던 개집같이 작은 방 두 개짜리에다 병원 근처라 동네까지 후지더래. 저녁이면 밖으로 나다닐 수도 없대. 위험해서. 한두 주일 같이 있었는데 한국애들처럼 통하길 하나, 답답하고 친구도 없고 한숨만 나오는 거지.

임 실장 젊은이끼리 할 일도 많을 긴데. 뉴욕이면 볼 것도 많고……

백일순 심장내과의 수련자라 새벽부터 저녁 늦게까지 일하고 당직하느라 주중엔 잘 잠도 못자는 데다가 주말까지도 가끔 당직을 서니 애가 꼭 갇혀버린 거죠. 어쩌다 시간이 나면, 애 좋아하는 쇼핑이라도 하면서 달래주면 얼마나 좋아. 박물관이나 미술 전람회나 가자고 하니…… 취미도 안 맞고…… (언성이 높아지며) 내가 그 애를 어떻게 키웠는데 주방데기 취급이야. 남에게 하나도 꿀리지 않게…… 공주처럼이 아니라 갠 공주예요. 타고 났어요. 우리 딸 속 썩은 거 말로는 다 못 풀어요.

백일순, 애정을 쳐다보면 애정, 일어서 물을 가지러 간다.
스크린엔 애정의 못마땅한 얼굴이 잡힌다.

홍 회장   그 집도 현찰이 꽤 있는 걸로 아는데…… 유명한 통신 회사에서 일하다 독립해서 회사도 차리고, 특허도 몇 개 있다던데…….

애정, 스크린과는 달리 미소를 지으며 물을 건넨다.

백일순   (물을 마시고는) 상미가 좀 영특해요. 그걸 아니까 돈을 얻어내려면 결혼 전이 제일 좋은 때다 싶어서 말을 했나 봐요. 최소한 아파트 큰 거 하나랑 자기 차 하나는 사야 하니까 집에서 돈 얻어 오라고. 그렇지 않으면 결혼을 취소하겠다고 으름장을 놓았다나…… 저도 더는 참을 수가 없었던 거죠.

임 실장   그런데 그라질 않았구만……. (카드를 테이블에 내려놓고 흥미 있게 주시한다)

백일순   미친 놈. 그 자식이 '나는 우리 아버지부터 돈을 탈 의향이 없다. 내가 번 것으로 살 생각이다. 우린 생각하는 것도 취향도 다르니 결혼을 취소하는 것이 장래를 봐서도 좋을 것 같다'면서 기다렸다는 듯이 받아치더래요. 그것도 식탁에 앉아서 여유 있게 밥까지 쳐 먹어가며…… 썩을 놈. 애가 오죽 화가 나고 속이 상했겠어요? 그날 밤을

앉아서 꼬박 새우고는 다음날 아침 비행기로 서울로 돌아왔어요. 나한테 전화도 없이⋯⋯.

애정 며칠 전에 백화점 앞에서 본 거 같은데⋯⋯ 오늘은 어디 갔어요?

백일순 친구들과 제주도에 골프 치러 갔어. 타격이 컸는지 웃음도 적어지고, 먹는 것도 예전만 못하고, 한동안 자기 마음대로 하게 두려구요.

홍 회장 어떻게 보면 잘 된 거야. 이젠 미국, 미국 노래할 때는 지났지. 실속은 한국이 더 있어요. 미국의사라 해야 별 것 아니에요. 월급 받아서 연방과 주 세금을 내고 또 보험료가 오죽 많아요. 의료보험, 차보험, 집보험, 직업보험, 생명보험 내고 또 집세금도 빼고 나면 저축할 것이 없어요. 거기다 교육비가 얼마나 올랐는데. 한국 사정을 봐요. 우리 조카는 여기서 의과대학 나와서 성형외과 개업을 압구정동에서 했는데 아주 잘 살아요. 개업한 지 3년도 못 되어서 벌써 여기로 이사 왔어요. 집이 나자마자 값을 깎지도 않고 달라는 대로 다주고 샀다드만⋯⋯ 미국의사가 좋았던 건 우리가 못 살 때 얘기고 지금은 주도가 바뀌었어요. 이젠 미국 거지들한테 시집보낼 필요 없어요. 여기서 평생 호강하고 살 수 있는데.

모두들 합창을 한다. "맞아요, 맞아!"

백일순　카드 게임 진지하게 하자구요. 돈이라도 따야 기분이 풀리겠으니…….

애정　카드 돌립니다. (애정은 자기 차례가 와서 카드를 돌린다. 임 실장에게 카드를 주며) 좋은 것 드리려고 했는데, 어때요? 좋은 카드 들어 왔어요?

임 실장　(카드를 보고 씩 웃는다) 이걸 주고 좋은 카드를 줬다고? 빈 쪽때기야.

애정　그래도 제 마음은 알아주세요.

조 목사　(자기 카드를 보고 BET을 레이스 한다. 임 실장을 보며) 실장님 저번 정보는 정확했어요. 파주 근처에 땅을 사자마자 막 값이 오르지 않겠어요. 요즘 주춤하긴 하지만…….

홍 회장　걱정은…… 잔챙이들 정리되고 나면 다시 오를 겁니다.

조 목사　어쨌든 감사합니다.

임 실장　(정색을 하면서) 뭔 말인지…… 내는 그런 정보 준 사실이 없는데요? 딴 사람들에게 들은 거 아닙니까?

백일순　(조 목사를 보며 윙크를 한다) 실장님을 통해서 정보를 들었다고 하면 안 돼요. 말이란 게 밖으로 나오면 퍼지게 마련이라…… (실장을 보며) 염려마세요. 공식적으로는 절대 실장님과 관련이 없게 되어 있어요. 그리고 우리끼린 서로 믿을 수 있어요. 애정이는 우리들 일을 잘 모르지만 신뢰할 수 있고 또 제 딸처럼 같이 지내는 사이입니다.

조 목사　제가 큰 실례했습니다. (실장을 본다) 다만 여러모로 고마워서 언급했습니다.

홍 회장 고맙지요. 그렇지만 구체적 얘기는 삼갑시다.

임 실장 내랑은 관련이 없어요. (모두에게) 좋은 벗들이랑 심심풀이 카드놀이를 하러 온 사람입니다.

애정 (눈을 흘기며) 나만 따돌리는군요.

백일순 알려고 할 거 없어. 알아 뭐하게 비밀을 지키려면 부담만 되지.

임 실장 의논은 백 여사랑 하시고 카드 돌립시다. 나와 당신들은 만난 적도, 말을 섞은 적도 없으니까⋯⋯.

그동안 칩들은 홍 회장과 조 목사 앞에 쌓였다. 다른 사람 앞에는 몇 개밖에 없다. 실장과 애정이 무슨 말을 서로 속삭인다.

백일순 (조 목사와 홍 회장 쪽으로 조용히 말한다) 너무 늦어지기 전에 칩을 실장에게 돌려요. (하면서 눈을 실장 쪽으로 돌린다)

그러자 게임이 실장에게 유리하게 되고 할 때마다 실장이 걷어 모은다.

임 실장 갑자기 실력이 나오네⋯⋯.

백일순 빈집에 소 들어가네요.

다음 카드를 돌릴 때 실장 말고는 칩을 많이 가진 사람이 없다. 특히 애정은 두 개밖에 남지 않았다. 다음 게임이 시작되고 BET을 하니 애정에게는 칩이 하나밖에 없다.

임 실장 (애정을 보며) 칩이 다 떨어졌구만. 내가 좀 팔아줄까.

애정 (핸드백을 열어보고) 벌써 국가예산이 동났네. 돈 대신 몸으로 때우면 안 돼요? (웃음을 짓고 교태를 부린다)

임 실장 그거야 서비스에 따라 달라지겠지.

임 실장은 칩을 많이 애정에게로 밀어놓는다. 칩은 돈으로 환산된다.
임 실장은 2억 원을 가지고 애정은 천만 원을 가진다.

홍 회장 백 여사, 좀 출출하지 않아? 오늘은 밤참 없나?

백일순 시켜 뒀어요. 시간 맞춰 배달 올 거예요. 한잔 하시면서 조금만 기다리세요. (모두 잔을 든다) 우리의 모임을 위해.

모두 위하여.

모두들 건배를 하고 잔을 비운다.

2막

조명이 희미한 방에 모두 취해있다. 애정과 실장은 가까이 앉아서 서로 애무를 한다. 딴 사람들은 소파에 비스듬히 누워 얘기를 하고 있다.

카메라시선은 마치 조명처럼 백일순과 홍 회장에게 포커싱된다.

홍 회장 (술을 들면서 병을 본다) 술이 떨어졌구만. 이건 조니워커골드군. 백 여사, 블루는 없어요?

백일순 있지요. 블루를 원하세요? 발렌타인 30년짜리도 있는데 어느 것을 드릴까요?

홍 회장 물론 발렌타인이지.

조 목사 섞으면 골 아플 텐데. 마시던 조니워커로 합시다.

홍 회장 좋은 위스키는 종류에 관계없어요. 향과 첫맛이 다를 뿐 나중에 골치 아플 일은 없어요.

백일순 (애정을 향해) 애정이⋯⋯.

애정은 실장과 기분을 내느라고 못 듣는다.

백일순 아이⋯⋯ 내가 가지.

백일순, 일어서서 주방 쪽으로 갔다가 위스키 두 병을 들고 들어온다.

백일순   너무 빈속에 많이 들지 마세요. 곧 시킨 음식이 올 거예요.

조 목사   뭘 시켰어요? 애피타이저를 주섬주섬 집어먹어서 배는 고프지는 않은데.

백일순   이 근처에 아주 요리 잘하는 중국집이 생겼어요. 아주 맛있어요. 오늘 특별히 맛있는 걸로 골라 보내라고 주문했으니 한번 시식해 보세요.

카메라, 포커스를 바꿔서 애정과 실장에게로 간다.

애정   춤추실래요? (실장을 끌어 세우고 춤 포즈를 취한다)

임 실장   나는 애정 씨와 같이 있으면 몸에 힘이 하나도 없어지는 게 꼭 대마초 피우는 기분이야. 특히 하체에 힘이 없어져서 컨트롤을 못하겠어.

애정   그럼 하체를 저에게 꼭 붙여요. 컨트롤은 걱정 마시구요. 도와 드릴 테니. 제가 리드해도 괜찮죠?

두 사람은 몸을 부착하고 열정적으로 작은 스텝을 밟으려 기분을 낸다.
음악이 시작되고, 애정은 섹시하면서도 유혹적인 자태로 춤을 춘다.

둘이 댄스가 끝나자 인터폰을 통해 수위실에서 말한다.

수위　　여기 수위실인데요. 요리 배달이 왔어요. 올려 보낼까요?

백일순　빨리 올려 보내줘요. 우리 다 기다리는데.

수위　　그리고 택배도 왔는데요.

백일순　어디서 보낸 거지. 올 게 없는데……..

수위　　큰 박스인데요. 부산서 보냈구요.

백일순　뭘까? 사촌이 건어물을 보냈나? 아무튼 올려 보내요.

애정　　제가 열게요. (문 쪽으로 간다)

벨소리가 들린다. 애정이 문을 열자 배달부 두 사람이 가면을 쓰고
배달통을 들고 들어온다.

애정　　(배달부를 보고 놀라며) 어머나!

배달부들은 키가 크고 한사람은 닉슨의 가면을 썼고 중국요리가
든 철가방을 놓는다. 또 한 사람은 조지 부시 가면을 썼는데 훨씬
몸이 젊게 보인다.

조지, 박스를 놓고 뚜껑을 열어 밧줄을 꺼낸다. 잠시 동안 주목을
못한 조 목사, 백일순, 임 실장, 홍 회장은 애정의 고함소리에 정신
을 차리려고 하고 상황 판단을 하려한다.

닉슨, 문을 닫고 잠근다.

닉슨 (조지에게) 칼부터 꺼내.

조지, 밧줄을 꺼내다 말고 칼과 쇠몽둥이를 꺼내서 칼을 닉슨에게
준다.

백일순 여기 계신 분들이 누군지 알아? 얼마나 높은 분들인지
너희들은 상상도 못해. 어디서 개수작이야. 지금이라도
용서 빌어. 나중엔 빌어도 소용없어.

애정은 새파랗게 질려있고 임 실장도 긴장한다.

조 목사 (강도를 보며) 순간적인 실수로 평생 형무소에서 고생하고,
영생을 받지 못해서 죽어서도 지옥에 갈 것까지 없잖소.

통쾌하게 웃는 강도들…….

닉 놀고 있네. (백일순에게 몸을 돌리며) 그냥 갈 거면 우리가 왜
이 고생을 하고 와. 사태 파악이 아직도 안 돼? (모두를 돌
아보며) 모두 앉아. 앉어.

닉, 칼을 치켜든다. 조지도 뒤에 서서 몽둥이를 들고 노린다.
모두들 칼 위협에 주저앉는다.
홍 회장은 여러 생각을 하며 눈치를 본다. 조 목사는 불쾌한 표정

을 짓는다.

백 여사는 말을 잃고 남자들을 쳐다보며 불안한 모양을 한다.

애정은 체념한 듯 반듯이 앉아서 눈을 감고 있다.

이때 임 실장이 눈치를 보다가 닉에게 달려들어 칼을 뺏으려고 덤빈다.

슬쩍 피하는 조지, 임 실장은 취한 몸을 잘 가누지 못하고 옆으로 넘어진다.

닉   이것들이 신사적으로 끝내고 갈려고 했더니 일을 복잡하게 만드네.

닉, 조지에게 손짓을 하자 조지는 밧줄로 모두 손을 뒤로 해서 묶는다.

그 후에 발목을 묶는다. 조지가 임 실장을 묶을 때, 닉을 보며……

조지   아! 이 사람은 TV에서 가끔 본 사람인데…….

닉   꼴에 여자 앞이라고 개폼은…… 애쓴다. (머리를 툭툭 치며) 영웅이 되려다가 인생 끝낸 놈들 여럿 봤거든…… 조용히 끝내자. (점점 세게 때리며) 왜 대답이 없어?

임 실장   네.

닉   아, 이 새끼…… 꼭 손을 대야 말을 들어 처먹어.

조지   (묶는 일이 끝나자 닉에게) 이제 뭐하죠?

닉   훔치러 왔으니 훔쳐야지. 그것도 가르쳐 줘야하나?

조지, 택배박스에서 큰 가방을 꺼낸다.

닉, 방을 둘러보고 상 위에 있는 돈과 술병을 살핀다.

조지　　잘 논다. 돈도 많고 술도 좋고. 나도 한잔 할까? (백일순을 보면서) 새 잔이 필요한데?

백일순　(턱을 주방 쪽으로 돌리면서) 저쪽 선반에⋯⋯.

조지가 잔을 가지고 닉 앞으로 민다.

닉, 위스키병을 따르고 조금 맛을 본다.

닉　　음! 좋기는 좋군. 이런 위스키는 공항 면세점에서 구경만 했지 마시기는 처음인데⋯⋯ (조지를 보고) 너도 한잔 할래?

조지　　아니요.

닉　　요리나 먹어라. 식으면 아무리 좋은 요리도 맛이 없으니까.

조지　　네. (요리를 테이블에 놓고 몇 점 집어 먹는다) 이 직업도 좋은데요. (일어서며) 그럼 슬슬 훑어볼까⋯⋯.

닉　　대충해. 보이는 것 중에서 값비싼 보석이나 귀중품만 골라. 여기 있는 돈만 챙겨도 예상보다 성과가 좋으니까. 생각보다 판이 크네.

조지　　네.

조지, 포대에 테이블에 있는 돈부터 집어넣고 다른 방으로 가려 한다.

애정 제 돈은 두고 가시면 안 돼요? 저는 이분들과 달라서 부유하지 않은데다 액수도 많지 않아요, 천만 원…….

조지 도둑이 사정 다 들어주면 그게 도둑이냐? 우린 의적이 아니기든.

닉 쥐버려. 몸 팔아 번 돈은 없어도 돼.

조지는 포대에서 천만 원을 꺼내 애정 앞에 놓고 딴 방으로 간다. 닉은 음식과 술을 먹고 마신다.

홍 회장 혼자만 먹지 말고 저도 공양 좀 합시다.

닉 뭐? 제법인데…… (홍 회장을 보며) 뭐 먹을래?

홍 회장 해삼 한 점 먹읍시다. (닉이 한 점 집어주면) 정말 맛좋네.

닉 이젠 목이 마르다고 술 한잔 달라 하겠군.

홍 회장 그럴 참이었어요.

닉, 조니 워커를 주려고 병을 들면…….

홍 회장 이왕이면 발렌타인으로…….

닉 까다롭기는…… 부자들은 다르단 말야. 얻어먹는 처지에도 이것 싫다 저것 달라…….

홍 회장   주는 대로 먹는 게 익숙하질 않아서…….

닉은 마지못하듯 발렌타인병에서 술을 따라 홍 회장이 마시도록
도와준다.

홍 회장   (마시고나서) 아무튼 고맙소.

닉   옛날 생각나는구만…….

홍 회장   날 아시나요?

닉   너 같은 늙은이를 알지. 내가 미국에 있을 때 양로원에
서 일을 했거든. 먹여주고 마시도록 도와주는 일을 했지.
거기다 냄새나는 기저귀도 갈고 똥도 치우고 목욕도 시
켰어. (계속 술을 마신다)

홍 회장   미국에 오래 계셨습니까? 공부를 하셨습니까, 아니면 사
업……?

닉   공부도 하고, 일도 하고……. (한숨을 쉰다)

백일순   당신 누구야?

조 목사   몰라서 물어요? 도둑이잖아요.

백일순   이상하잖아요. 중국집 배달원이 미국 가서 공부하고 와
요. 중국집 배달원이 아니라면 우리가 음식 시킨 건 어
떻게 알았으며, 판돈이 크네 어쩌네…… 우릴 알고 온
거 같잖아요.

홍 회장   여기 있는 사람 중에 우리 모르는 사람도 있을까. 처음
에 자기 소개 다 했잖아요.

백일순   저 작자는 없었잖아요. (닉에게) 당신 누구야? 우릴 어떻게 알지?

닉   그게 따져 뭐하게. 정 궁금하면 (객석을 보고) 처음부터 다시 한번 봅시다.

이하 인물들의 자기소개 부분은 스크린에 투영된다.
백일순이 먼저 앞으로 나온디.

백일순   내가 집주인이니 나부터 해야겠군. 한 달에 두 번 수요일 저녁이면 우리 집에 모여 카드를 합니다. 따는 사람을 미리 정해두고 하는 게임이긴 하지만. 한국은 부유한 나라가 되었고, 참 살기 좋은 곳이에요. 머리만 좀 쓰고 요직의 사람과 연결만 되면 별 수고 없이 재산 늘리고 살기 힘들지 않아요. 사실 제 꿈은 소박해요. 서울에 있는 큰 빌딩 세 채와 강원도 요지에 별장 지을 땅 수만 평을 가지는 거예요. 여러분도 사 두세요. 장기적 가치로 부동산만한 건 없으니까. 물론 이런 긴밀한 모임을 통한 정확한 정보가 따라야겠지만…… 오늘 잘 오신 겁니다. 참 유용하고…… 좋은 친구들이죠.

다들 백일순은 못마땅하게 보면 백일순은 억울하다는 표정이다.
다음은 홍 회장이 스크린에 등장한다.

홍 회장 나 누군지 알지? 난봉질하다 간통소송까지 당하고 한창 시끄러웠잖아. 사실, 내가 보통사람들 하고는 다르게 날 때부터 정력이 좀 남달라. 마누라 혼자 해결해 주기는 좀 벅차지. 나한테 개인용 제트기가 있거든 물론 그걸 아는 사람은 우리 회사 사장하고 회계, 밖엔 없어. 그거 타고 미국에 사업차 자주 가는 줄 아는데 사실은 불란서에 애첩이 있어. 나의 최고 즐거움이지. 사랑은 무슨…… 여자야 내가 원하면 언제든 체인지지. 외국에 있는 지사장들 직업이 뭔지 알아? 회장이 출장가면 예쁘고 젊은 여자를 상납하는 거. 그러지 않으면 진급이 되나. 마누라? 알아. 그런데 이상해. 너무 조용하거든…… 사람들 이목을 신경 쓸 여자가 아닌데…… 아무래도 젊은 놈이랑 재미를 보는 모양이야. 지가 구리니 남 구린 거 말할 수 있나.

홍 회장, 헛기침을 하며 애써 외면한다.
다음은 조 목사의 차례다.

조 목사 나 조 목사요. 요즘 우리 교회를 두고 말들이 많더군. 세금도 안 낸 돈으로 돈 벌이를 해서 교회의 배만 불리는 사치의 집단이라나. 남의 종교적 신념까지 마구 짓밟고 말야. 한마디로 어처구니가 없지. 악마 말을 마구 쏟아내고 있으니…… 할렐루야!

세금이란 국가에서 필요한 경비를 국민에게서 거두어들이는 것이지. 세금의 액수는 정치인들이 자기 정책에 맞게 책정하여 부과하는 거고, 그런데 우리는 세금을 내는 대신 그 돈을 천국나라를 위하여 사업을 하고 비용을 쓰는 거구만. 이거야말로 정치보다 더 의미 있는 경영이지. 정치가들은 선거에 당선되려고 투표에만 열중해서 바른 경영을 못합니다. 즉 타협경영이지요. 하지만, 우리는 오직 하나님을 위한 사업이니까 목표도 뚜렷하고 온 정력을 쏟을 수가 있는 겁니다. 신도들의 노동력을 착취하다니요. 천벌이 두렵지 않습니까. 할렐루야! 그들은 하나님의 나라를 위해 봉사하는 목자들입니다. 할렐루야! 기도하겠습니다.

조 목사, 동화된 듯 '할렐루야'를 간절히 외친다.
다음은 애정의 차례다.

애정　진실을 알고 싶은 게 아니라 싸구려 술자리에 안주거리가 필요할 테죠. 그래요. 결혼한 지 2년도 못 돼서 이혼했어요. 양육권도 잃었구요. 결혼 전엔 그렇게 착하던 남편이 결혼 후에는 완전히 딴사람이 됐어요. 의처증이 어찌나 심하던지…… 아이를 낳고부터는 남편과의 관계도 흥미가 없어져서 그즈음 스캔들이 터졌죠. 같이 작품한 남자 배우와…… 궁금하면 인터넷 쳐 보세요. 다 나와요.

나이가 몇인데 사귀면서 섹스를 안 해요. 했어요. 남편이 붙인 사람한테 그 배우와 몸을 섞는 게 찍혔죠. 찍히길 바랬는지도 몰라요. 끝내고 싶었으니까. 협박을 하더군요. 위자료와 양육권을 포기하면 간통죄로 넣진 않겠다고…… 치사하고 독한 놈. 가끔 아이 생각에 아프지만, 크면 이해하겠죠. 여자의 고독을…….

당장 끄라는 애정의 말과는 상관없이 임 실장의 모습이 스크린에 비친다.

임 실장 직장에 대해서는 깊게 말을 할 수가 없고. 원체 하는 일 대부분이 비밀로 돼가…… 정부요직 취직하는 거야, 학력 좋지, 연줄 탄탄하지 어려울 게 없지…… 지난 선거 때, 대통령한테 발탁되어가 선거운동 준비 좀 해주고, 경제분야에 대한 연설문 몇 줄 써줬드만 지금 이 자리를 주대요. 인생에 문제가 없을 수는 없고, 내도 나름대로 갈등이 있어요. 정부 월급이 어찌나 적은지, 그거 갖고는 서울서 살지를 못해요. 첫아들 낳았을 때, 장인이 집하고 SUV차도 장만해 줬지만, 학군이 좋은 동네에 살아야 애들이 좋은 학교에도 가고, 내 직위를 봐서는 아파트도 큰 것이 있어야 하고, 차도 하나 더 굴려야겠고…… 방학 때, 애들과 같이 지낼 별장도 있어야 하는데. 내 주위는 다들 있는데 꿀리잖아. 그렇다고 장인한테 평생 도움을 바라는 것도 못 할 짓이고…… 처갓집 위력이 세지면 얼마나 피곤한지 압니까. 애들 간섭 많지. 집사람 발언권 높아지지…… 한 번씩 시골서 부모님이 올라오면 내가 민망해서…… 그래도 내는 공무원의 양심을 걸고 뇌물은 절대 안 받습니다. 물론 화투와 카드놀이는 좀 하지만…… (마지막 대사를 말할 때는 미소를 지운다) 내가 딴 건 몰라도 수학적 머리는 있거든.

임 실장을 끝으로 돌아가던 필름이 끝난다.
다시 스크린엔 지금의 그들 모습이 투영된다.

임 실장   저게 어델 봐서 내야. 음모야. 음모.

홍 회장   나도 저런 말 한 기억은 없는데…….

애정   전 잘 모르겠어요. 사실 틀린 말이 아니라…… 술기운에 했다가 술 깨면서 잊었는지도…….

조 목사   하느님 말씀에 사탄의 기운을 넣어서는 안 됩니다. 할렐루야!

백일순   이상하다잖아요, 내가.

임 실장   당신 뭐야? 누구야?

닉   했으니까 찍혔겠지. 죽어도 나 아니다, 억울하다 하는 놈 있으면 나와 봐. 나오는 건 좋은데 만약 거짓말로 밝혀지면 그놈만 맞는다.

그들, 앞으로 나서려다 주춤 멈춰 선다.

닉　　　(임 실장을 가리키며) 그리고 너, 말 길게 해라. 너 잘하는 거
　　　　　있잖아. 복종. 순종⋯⋯.

임 실장, 닉을 노려보다 닉의 기세에 눌려 이내 시선을 피한다.

홍 회장　당신, 외국물도 먹고, 배울 만큼 배운 사람인 거 같은데
　　　　　왜 이런 짓을 합니까?

임 실장　고국에 왔으면 애국 할 길을 찾아야지⋯⋯요. 나라에 애
　　　　　국할 기회가 얼마나 많은데⋯⋯요. 능력만 있으면 좋은
　　　　　일자리도 많고요.

백일순　그렇죠. 국가적으로 봐서도 손해고 좋은 애국자를 잃게
　　　　　된 거죠. 보세요. 여기 계신 분들은 다 나라를 위해 공헌
　　　　　이 큽니다.

닉, 천천히 고개를 돌려 방 전체를 본다.

닉　　　(임 실장을 보며) 너 군대 갔다 왔나?

임 실장　왜 나만 갖고 그래⋯⋯.

닉　　　묻잖아.

임 실장　군대는 못 갔고 유학 갔다와가 첨단회사서 일해가 국가
　　　　　에 보답했심다.

닉 군대도 안 간 놈이 애국자 연설을 해? 나는 대학 다닐 때 입대해서 논산서 된장국과 적은 잡곡밥으로 끼니를 때우며 힘들게 훈련하다가 영양실조까지 걸린 사람이야. 군생활도 최전방에서…… 추운 겨울에 눈 덮인 산 정상에서 보초 서는 게 어떤 건지 니들이 알아? 거긴 적과 싸우는 게 아니라 추위랑 싸워야 돼. 밤마다 칼바람이 내장까지 찢어 놔. 눈물도 일어서 흐르질 못 했으니까. 첨단 회사일이 군대서 뺑이 치는 거랑 같냐? 군대에서 배운 철학은 너 같은 놈은 도저히 이해할 수가 없을 것이다.

애정 미국은 언제 가신 거세요?

닉 제대하고 복학하려다…… 그땐 이 나라를 떠나고 싶다는 생각뿐이었거든…….

조 목사 쉽진 않았을 텐데. 미국에서 우리나라 대학을 인정한 게 그리 오래된 얘기가 아니라서…….

닉 미국 가서 대학부터 다시 시작했어. 가긴 갔는데 그때 돈이 있나……, 닥치는 대로 일했지. 그중에 하나가 양로원 간호사 보조직이었고 여름방학 때는 과수원에서 14시간씩 일했어. 한 달쯤 됐나, 탈수가 생겨서 일주일 동안 누워있었어. 그때 생각했지. 이렇게 죽을 수도 있겠구나…… 그래도 어떻게 한국으로 다시 오기는 억울한데, 진통제를 먹어가면서 일했어. 그렇게 해서 겨우 대학 마치고 이류라도 대학원에 입학해서 석사까지 마쳤지. 이류라도 운이 좋았어. 영어도 짧은 데다가 밤낮으로 일을 해야 하는 처지였으니까……

백일순 공부한 거 아까워서라도…….

닉 받아주질 않아. 나도 애국 한번 해보려고 돌아왔는데 애국할 기회를 주지 않더군…… 첨단 산업인 전자공학을 공부했는데도 받아주는 회사가 없더란 말야. 대학에 취직할까하고 모교도 찾아갔었는데 박사학위가 없다고 자격미달이래. 모두들 박사학위는 가졌는데 자기들끼리 서로 논문 통과해주고 받은 학위가 무슨 의미가 있는지…… 있겠지. 자기 직장을 보호하는 방패나 회원권으로…….

홍 회장 실력 부족은…… 아니 그쪽이 그렇다는 게 아니지만 일 안 되면 달고 다니는 말 있잖아요. 남 탓, 세상 탓. 내 탓은 없고…… 재차 말하지만 그쪽이 그렇다는 얘기는 아닙니다.

닉 외국에서 공부하고 온 선배들도 자기가 전공한 과에는 자리가 없어서 내가 전공한 과에 와서 학생을 가르치고 있더라고. 내가 오면 자기 약점이 드러 날까봐 나를 만나주지도 않았어. 그것뿐인 줄 알아? 교수끼리 서로 자리 뺏기지 않으려고 싸우지, 더 높은 자리를 차지하려고 국내파다, 외국파다 편가르지. 그런 싸움은 지금도 하고 있다고.

애정 그래서 도둑이 됐어요?

닉	허허. 사람을 어떻게 보나. 우리가 상습 도둑인줄 알아?
임 실장	그게 아니라면 당신도 일이란 건 했을 거 아닙니까?
닉	했지. 이모부 부탁으로 연줄이 닿아 서울에 있는 작은 사립대학에 자리를 얻었어. 봉급은 적었지만 그래도 고정수입이 있으니까 늦장가도 갈 수 있었지.
홍 회장	그런데 왜 이런 일을 합니까?
닉	내 얘기 끝나지도 않았어. 기다려. 한국 사람들은 모는 게 급해. 날 때부터 "빨리빨리" 하는 말이 DNA에 박혀 있는 모양이야. (그리고 천천히 말을 한다) 계속하지. 그 후 10년 동안 그런대로 잘 풀렸어. 그런데 인간이 어떻게 현재에 만족하나? 그건 인간의 도리가 아니지. 변화와 발전을 위해 투자를 요구했어. 했지만, 이사장은 등록금에만 흥미를 보이더군. 학장은 이사장 눈치만 보느라 침묵, 또 침묵. 그러니 갈등이 쌓이고 골이 깊어지는 건 당연한 결과였고, 그러다보니 불쾌한 말까지 오고 갔고, 몇 달 만에 내가 학교를 그만뒀지.
홍 회장	분풀이를 하려면 거기서 해야지. 왜 우리요? 당신 그래도 학자잖소. 돈이 필요하면…….
닉	또.
홍 회장	…….
닉	사람이 말을 할 땐 기다리고 끝까지 들으란 말이야.
애정	저기요. 얘기가 길어질 건가요? 이거라도 풀고 있으면 안돼요? 너무 힘든데…….

닉	내가 말하고 있잖아. 끊지 좀 마. 내가 지금 말하려는 이 부분, 이 부분이 내 인생에서 가장 중요한 대목이란 말이야. 무슨 말인 줄 알겠어?
애정	생리적인 현상도 문제고, 목도 마르고…… 이런 경험이 처음이라 손발도 저리고…….
닉	참어.
백일순	그게…….
닉	닥쳐.

닉, 골프채를 들어 테이블을 내리친다.
갈라지는 테이블…….

닉	아니면 죽든가.
임 실장	자극하지 좀 말아요. 쫌…… 이러니까 자꾸 길어지잖아. 끝내자고.

일순간 조용해진다.

닉	힘의 위치를 파악하는 데는 동물적으로 타고 났군. 똑똑해. 나를 건들면 안 되지.
애정	(울상으로) 등 좀 긁어줘요. 다른 건 참겠는데 간지러운 건…… 여기서 손 쓸 수 있는 사람이 당신뿐이잖아요.

닉, 어쩔 수 없이 애정의 등을 긁어준다.

닉　　　어디? 여기?

애정　　고마워요.

닉　　　(술을 한잔 비우고는) 어디까지 얘기했지?

모두　　…….

닉　　　들은 놈이 아무도 없어?

조 목사　들었습니다. 학교를 그만 뒀다는…….

닉　　　그랬지. 내가 학교를 그만 둘 때가 컴퓨터 회사들이 새
　　　　　로 생기고 잘 될 때라 소프트웨어 회사도 차리고 꽤 성
　　　　　공을 했어. 일년에 몇 억 원 저축하는 건 쉬운 일이었으
　　　　　니까. 하지만 그것도 한 2년…… 큰 회사가 거대한 자본
　　　　　으로 뛰어드니까 지는 게임이더라구. 결국 회사는 헐값
　　　　　으로 큰 회사에 팔렸어. 그래도 그동안 번 돈으로 아들
　　　　　놈은 유학 보내고, 딸은 음악 공부를 시켰고 은퇴하고
　　　　　쓸 돈도 저축했어.

백일순　그렇게 살면 되지. 왜 남에 돈을…… 비난을 하겠다는
　　　　　게 아니라…….

닉　　　인생이 거기서 멈춰야 했어. 더는 복잡해지지 말아야 했
　　　　　는데…… 저 녀석이 내 아들이야. 중학교 때부터 미국
　　　　　으로 보내서 공부 시켰는데…… 학교가 LA 근처라 한국
　　　　　사람이 많아. 그래도 저놈이 공부도 안하고 밤낮 어울
　　　　　려 다닐 거라고는 생각 못했지. 그걸 알 때는 너무 늦었

고…… 지방에 있는 단과대를 겨우 마치고 한국에 돌아왔는데 직업을 찾아도 자기에게 마땅한 것이 있어야지. 차라리 자기 사업하는 게 났겠다 싶었나봐. 하루는 나한테 사업이 잘 될 거라고 자랑을 하더라고 다 된 일에 자본이 좀 모자란다는 말을 붙이면서…… 그렇게 시작한 투자가 두 번, 세 번…… 늙어서 쓰려고 저축한 돈을 다 날렸어. 나중에 안 일이지만 사업이 잘 안되니까 동업자인 친구가 돈을 챙겨서 잠적했다더군.

백일순 부모라는 게, 자기 자식 앞에서는 눈이 멀죠.

닉 다른 것보다 딸내미 유학비가 문제야. 순전히 자기만의 노력으로 유명한 음악 학교에 합격됐는데 보낼 여비도 없으니…… 살길마저 막막해진 늙은 부모가 뭘 할 수 있겠어?

홍 회장 사정은 알겠는데 그렇다고 강도질에 명분을 세워지는 건 아니지 않나…… 난 그런 생각이 드는데요.

닉, 홍 회장을 물끄러미 보다가…….

닉 요즘 회사는 어때? IMF때는 망한다고 소문이 돌았는데…….

홍 회장 소문이죠. 말 그대로 근거 없는…… 우리 회사는 여러 분야에 참여하고 있기 때문에 한 곳이 주춤해도, 그룹 전체로 보면 언제나 잘되고 있지요.

닉	국민들의 원성을 사고 있다는 건 알고 있나?
홍 회장	섭하네. 우리 때문에 이 나라가 단기간 내에 기적적인 경제성장을 하고 세계11위로 올라 온 건데. 다 우리 직원들의 피와 땀으로 된 겁니다. 사실상 이 나라를 이끌어 가는 건 우리 기업하는 사람들입니다. 임 실장에게는 실례되는 말씀이지만 우리는 정권을 누가 잡든 관계없이 자발적으로 경제를 발전시키고 있어요. 정치가들 우리에 비하면 이류지요.
닉	그럴까? 너 같은 재벌들이 건설, 조선, 증권, 운송, 증유, 철강제조 등 큰 기업들을 독점하는 것까지는 이해를 하는데 기회만 있으면 중소기업까지 뻗어서 백화점, 슈퍼마켓, 부동산에 손을 대고 심지어는 백화점과 잡화상에서 파는 식용품, 기타 등등…… 친척을 통해 독점을 하니 중소기업이 살아나겠어?
홍 회장	우리는 민주주의의 경제원칙에 따라 시장경쟁입니다. 우리가 더 효율적인 경영을 해서 질 좋고 저렴한 제품을 만들면 국민에게 도움이 되지요.
닉	자네 회사의 빚과 자산의 비율이 얼마지?
홍 회장	그건 요즘 check를 안 했는데…… 경리 쪽에다 물어보면 알겠지만 얼마 안 될 겁니다.
닉	허! 웃기지 말어. 회사운영에 필요한 기본적인 수치를 몰라? 당신 회사, 재산의 80%가 빚이지? 자본은 20%밖에 안 되고. 문제는 이 80%가 어디서 나왔을까? 우리가

낸 세금이지. 특혜 융자라고 정부에서 기업을 육성시킨다는 명분으로 준 돈.

그 돈 가져다 성공을 했으면 갚아야지. 지들 배만 불리고 큰 소리를 쳐. 국민 혈세를 니들 재산처럼 마음대로 쓰질 않나, 재산 불리는 데만 혈안이 돼서 정치인들과 짜고 투자를 하니 중소기업만 죽어나지. 결국 죽는 사람은 소시민들이고 부를 축적하는 놈들은 너 같은 경영인들과 정치 노리배들뿐이고…… 시장경쟁? 가소롭다. 너흰 쉽게 받은 융자로 이권 있는 청부 산업만 골라 지들끼리 나눠먹으면서 무슨 평등한 경쟁이야? 마치 마라톤 경기를 하는데 중소기업들은 뛰게 하고 너희들은 자동차를 타고 달리는 식이지. 그런 식이면 나도 하겠다.

홍 회장 그런 소리 많이 들었수다. 말로만 할 수 있다. 할 수 있으면 하지 왜 못 해? 왜 안 해? 그건 못하는 거요. 능력 차이지.

닉 너 나더러 강도라고 했지? 넌 나보다 더 큰 도둑놈이야.

홍 회장 난 당신 돈 뺏은 적 없어.

닉 나는 있어. 내가 낸 세금 찾아가는 거야. 내 계산으로는 앞으로 좀 더 찾아가야 되지만…….

홍 회장 거지 근성. 서민. 서민이 무슨 벼슬이야? 잊혀질만하면 내가 번 돈 나눠 쓰자니. 뭐가 있어야 나누지. 세금도 적금 들어서 내고 있구만…….

닉 반성 좀 하고 살어.

홍 회장 뭐를? 죽으라고 일한 거? 열심히 노력한 거? 나처럼 되고 싶거든 나만큼만 살라 그래. 부자들한테 물어봐. 눈먼 돈이 굴러들어 온 적이 있었나. 하다못해 다 정보야.

닉 그렇게 모은 돈으로 탈세까지 해가며 자식들에게 넘기고 사돈팔촌, 초등학교 친구까지 동원해서 외국에 빼돌리질 않나. 도대체 몇 백 년 살 작정이야? 그런 것도 모르고 힘들게 푼돈 모아서 너희 회사 증권 산 사람들만 불쌍하지. 몇 푼 벌어 보겠다고 투자한 소시민들의 돈 가져다가 남용하고 은닉하는 거잖아. 죄의식도 없지, 너?

홍 회장 나는 아니요. 그런 사람이 있는지는 모르겠지만 우리 회사 깨끗합니다. 투명해요.

닉 너나 니 여편네 사치야 소문이 나서 말할 필요도 없는데, 니 아들까지 정신 못 차리더라. 라스베가스에서 하루에 몇 억 원도 날린다며? 네 여편네 보고도 나이 값 좀 하라 그러고. 그 나이에 젊은 놈이랑 놀아나.

홍 회장 맞지? 한 놈 있는 줄 알았어. 그런데 당신, 그걸 어떻게 알았어?

백일순 서울서 모르는 사람 몇 안 되죠, 그게…….

닉 심심하거든 택시타고 기사한테 물어봐.

홍 회장 미친년 같으니라고, 늙은 것이 꼬리를 치고 다녀?

임 실장 당신 우리에 대해서 얼마나 아는 거야…… 요? 어떻게 오늘 여길 왔냐…… 구요?

백일순 나도 궁금해. 우리 모임 알고 있었어요? 우연치고는 너무 기막힌 time이거든…….

닉   그렇게 궁금해? 과학자는 실험을 하기 전에 완벽한 준비를 하지. 난 과학자야. 몇 달 동안 아파트를 탐색하고, 너의 기사와 파출부도 사귀고…… 그들은 내가 마음 좋은 늙은이로 알더라구.

백일순   입단속을 시키고 또 시켰구만. 근본이 밑바닥인 것들은 아무리 가르쳐도 안 된다니까.

닉   그들은 죄 없어. 말해서 안 게 아니라, 매달 수요일 저녁에 이곳으로 모인 건 너희들이야. 난 그걸 봤을 뿐이고. 늦은 밤참을 주문하는 것도. 오늘 밤참 배달 때 내가 이 집 기사라고 행동을 해서 입구에서 가로챘지. 배달부 보고 이 집은 아무나 들어갈 수가 없다고 했지. 택배 배달원으로 가장한 건 내 아들 아이디어였어.

조 목사   파산한 심정이야 이해합니다만, 그렇다고 도둑질 특히 칼을 들고 강도질 하는 건 용납이 안 됩니다. 종교적 판단이 아니더라도 법적, 도덕적, 또 윤리적으로도…….

닉   이해를 한다는 것은 그것과 혹은 유사한 사정을 경험했을 때나 가능한 얘긴데…… 아니라면 오만이거나 경솔한 거야.

조 목사   우리는 영혼을, 특히 불쌍한 영혼을 구제해야 합니다. 할렐루야!

닉   그럼 우리 게임을 해볼까? 게임 좋아하잖아? 자, 의자에 앉으라고…….

닉, 그들을 부축해 의자에 앉힌다.

닉   당신들은 지금부터 돈도 배경도 아무것도 없는 그저 하
         루 벌어 하루 먹거나 잘해야 한 달 벌어 한 달 먹는 정도
         의 인간이야. 그렇게 보이기엔 장신구가 어울리지 않군.

         닉, 그들이 차고 있는 반지며 시계며 패물을 풀어서 테이블 위에
         놓는다.

백일순   제발, 살살 다뤄요. 흠집나면 반값이라구요.
홍 회장   이건 별로 비싼 거 아닌데…….

         닉, 홍 회장의 시계를 바닥에 떨어트리려 하자…….

홍 회장   안 돼! 합니다. 해요.
닉   게임은 간단해. 내가 카드를 돌려서 조커를 잡는 사람은
         세상에서 가장 불쌍해 보여야 해. 성공하면 패물은 돌려
         주지.
임 실장   카메라 끄고 합시다.
홍 회장   그럽시다. 남겨서 좋을 게 뭐 있소. 더구나 솔직해지기도
         쉽지 않고…….
닉   (객석에) 카메라 좀 꺼 주시오.

카메라가 꺼진다.

닉, 카드를 돌린다.

처음 조커를 잡은 사람은 애정이다.

애정 나네…… 나만큼 불쌍한 사람이 있을까요…… 19살 이후로 배부르게 먹어 본 적이 없어요. 항상 배고프게 살아야 하죠. 아니면 이 몸매를 무슨 수로 유지하겠어요.

닉, 골프채로 애정의 반지를 내리친다.

애정 (울상이 되어) 너무해요. 결혼 생활 2년에 유일하게 남은 건데…….

닉 이제야 불쌍해 보이네.

닉, 다시 카드를 돌린다.

다음은 홍 회장이다.

홍 회장 이걸 왜 해야 하는 거요? 이유나 압시다. 부자 되고 싶어서 안달을 내면서 있는 놈들 씹어대는 국민성이 문제지. 우리가 무슨 죄라도 지은 거 마냥…… 우리 보면서 희망을 키우는 사람들 많아요. 우리가 희망이라고…….

닉 아직도 몰라? 당신이 집 가지고 장난질 친 덕에 집값만 오르고…….

홍 회장 어 그거. 나도 한 마디 합시다. 나만 덕 봤수? 우리 같은
사람 아니면 뭔 수로 집값이 올라. 올려주면 고맙다 해
야지. 집 살 때 융자 받은 거 이자 내느라 힘들다고? 적
금 붓는다 생각들 할 걸. 팔 때 다 보상 받고 거기다 안
목만 조금 있으면 몇 배 장사도 하겠다. 이자 붓느라 애
들 먹을 거, 가르칠 거 줄이고 산다고? 그거야 선택이지.
누가 그리고 실래.

닉 지하철을 타보면 젊은 친구들 읽는 책이 전부 부동산
관련 책이야. 청약 공략법…… 등등. 그러니 무슨 비전
이 있겠어? 온 국민을 집 장사에만 매달리게 만들어 놓
고…….

홍 회장 가난한 사람들 걱정하지 않아도 돼요. 그들은 스스로 행
복을 생산하면서 살아요. 절망의 순간에도 희망의 노랠
부르면서…… 감동의 눈물까지 흘린다니까…… 가난하
지만 그래도 우리에겐 희망이 있다. 절대 죽지 않아.

백일순 잡초근성이죠.

닉, 홍 회장의 시계와 백일순의 목걸이를 박살낸다.

홍 회장 이런…… 그게 얼마짜린데…….

백일순 왜요, 난 하지도 않았는데? 나 남편 없이 애 하나 키우면
서 설움도 많이 당하고 할 짓, 못 할 짓 다 해가며 얼마
나 비참하게 살았는데…… 내 껀 물어내요.

닉, 다시 카드를 돌린다.

임 실장이 조커를 받았다.

임 실장 지금 내 꼬라지를 보소. 더 이상 무슨 말이 필요한
가…… 요.

닉, 임 실장의 시계를 돌려준다.

닉 브라보…… 감동 먹었어. 마지막은 (조 목사를 가리키며) 당
신만 남았네.

조 목사 우리 모두는 하나님 안에 있습니다. 그 안에서 우리는
평등합니다.

닉 자네 하나님을 정말 진실히 믿나?

조 목사 물론이지요. 그것이 저의 직책이고 의무입니다.

닉 그럼 성경은 전부 진실이라고 믿겠군.

조 목사 그럼요. 성경은 하나님의 말씀이요, 역사를 적은 것입
니다.

닉 내가 알기로는 구약에 있는 창세기의 기록에 하나님이
우주를 창조할 때 첫날 하늘과 땅을 만들고 여섯째 날에
사람인 아담을 창조했다고 하던데, 맞나?

조 목사 맞습니다. 성경을 읽어 보셨군요. 할렐루야!

닉 그런데 지금 기록된 유태인 역사는 5천 년이거든. 아브
라함 때부터 지금까지의 기간이. 창조 때부터의 아담부

터 아브라함까지는 20세대인데 한세대를 평균 30년 잡으면 600년 밖에 안 돼. 계산이 잘못될 수 있다 치고, 넉넉잡고 일천년을 해도 유태의 역사는 6천년 밖에 되질 않아. 신학자 말로는 많아야 일만 년 정도라고 하더군. 아무튼 역사가 이만, 삼만 년 이래도 도저히 맞질 않아.

조 목사 왜 안 맞아요?

닉 내가 미국 있을 때 그랜드캐년으로 하이킹 한 적이 있는데 그때 동행한 지질학자 설명이 제일 아래쪽 지층은 10억년이 넘는다고 하더라구. 그래서 지질학 책을 읽었는데 그 설명이 맞아. 당신도 이상하지? 어떻게 일만 년하고 수십억 년하고 같아?

조 목사 성경은 진실입니다. 해석이 좀 다르다 할까.

닉 해석이 달라?

조 목사 예를 들면 창세기에 쓰인 하루가 몇 억년이 될 수도 있지요.

닉 그래? 그래 하루가 억년이라고 가정하자. 그러면 아담은 하나님이 땅을 만든 후 오억 년이 지났고 7일은 휴일이었고 이브는 8일이나 그 후에 창조했는데 빨리 잡아도 이브는 아담보다 억년 후에 생겼구나. 그런데 기록상 아담은 130세까지 살았다고 하니 수학적으로 뒤가 맞지 않잖아. 설마 이렇게 쉬운 수학도 못하는 건 아니겠지? 혹시 그래서 목사가 된 거야?

조 목사 해석이란 구절구절마다 다를 수 있습니다. 첫 일곱 날은 억년이 될 수 있고 나중의 역사들은 지금과 같이 하루는 하루일 수 있고…….

닉　그렇게 생각하면 안 맞는 것이 없지. 토정비결이나 점쟁이 말도 해하기 나름이야. 이왕 말이 나왔으니 또 하나 묻자. 성경에는 기적도 많고 하나님과 천사들도 서로 대화를 나누는데 왜 요즘은 그것이 통 없어. 확실히 말해서 예수 부활 후부터 말야.

조 목사　요즘도 있어요. 기적은 언제나 나타납니다. 단지 우리가 모를 뿐이지…….

닉　왜 그런 효율성 없는 기적을 나타내지?

조 목사　그건 하나님의 섭리니까 우리가 알 수 없지요.

닉　그러면 자네는 하나님과 성도 사이에서 무엇이라고 생각하나?

조 목사　사도요. 하나님의 말씀을 전하는.

닉　음. 그러면 부탁 하나 하자. 다음에 네가 하나님과 얘기할 때 이 부탁을 좀 전해줘.

조 목사　뭡니까?

닉　기적을 하나만 더 해달라고. 종전과 다른 것은 이 기적을 예고하는 거지. 날짜 정하고, 장소 정해서 TV로 생중계하는 거야. 그러면 아프가니스탄에 가서 무모하게 전도하며 죽을 필요도 없어. 아무리 말려도 교회에 나오게 될 걸. 모두가 헌신, 봉사하며 사랑이 넘쳐흐를 건데, 이렇게 쉬운 일 두고 왜 힘들게 하냐고. 만약에 하나님이 이해가 잘 못하거든 효율적인 경영에 대하서 강의를 해 드려. 몇 천 년 전에 하는 식으로 해서는 이젠 안 된다고……

조 목사 하나님을 모독하면 안 됩니다. 죄를 받아 지옥엘 갑니다.

닉 당신은 천당에 가면 나는 지옥이 났겠다. 너 같은 작자들 보면서 천당 가서 살기에는 내 비위가 그리 좋질 않아서…… 그리고 하나님이 있다면 너 말처럼 말 잘못했다고 또 자주 교회에 와서 기도 안했다고 지옥 보낼 분이 아니야. 인자한 부모가 자식을 생각하듯 언제나 용서해주는 대범한 자일 거다. 가진 자는 절대 없는 사람 이해 못해. 그들이 못가진 건 게을러서라고 생각하니까. 당신은 하나님을 믿지 않아서라고 하기도 하겠군. 근데 말야, 없는 사람들은 게으르면 끝이야. 밥 한 숟갈 목구멍으로 못 넘기지. 그리고 그걸 너무 잘 알고.

닉, 십자가를 내리친다.
이때, 조지 보따리를 들고 방에서 나온다.

조지 다 끝났어요. 지금 뭐하는 거예요. 이거…… (부서진 십자가를 보며) 다이아잖아. 미쳤어요? (부서진 다른 패물들을 보며) 돌겠네, 정말. (임 실장 것을 보고) 이거라도 내 놔.

임 실장 그건 내 거요.

조지 그걸 누가 몰라.

닉	그건 건들지 마.
조지	처음부터 여기에 우리 껀 없었어요. 가지면 다 우리 꺼지.(임 실장의 것을 뺏고는) 이젠 마무리하고 나가죠.
닉	서. 서라고 임마! 애비 말 들어.
조지	(놀라 닉의 입을 막으며) 미쳐. 뭐하자는 거예요. 그걸 말하면 어떡해요.
닉	놔 둬. 그건 그자 거야.
조지	설마, 신분 노출할 만한 얘기도 했어요? 그건 아니죠?
닉	…….
애정	정말 아버지와 아들이에요?
조지	젠장…… 왜 이리 매번 일을 복잡하게 만들어요.
애정	그럼 얘기한 게 다 사실……? (모두를 보며) 지금까지 얘기한 거 다 사실이래요. 믿기 어렵잖아요. 난 안 믿었어요.
백일순	나도 안 믿었어. 어떤 미친놈이 집 털러 들어와서 자기가 누군지 시시콜콜 다 떠벌려.
조지	(닉에게) 도대체 어디까지 말한 거야. 어디까지…….
닉	예의를 갖춰라. 사람들이 보고 있잖아.
조지	빌어먹을…… 빌어먹을…… 도둑이면 도둑답게 집만 털자구요.
닉	우린 달라.
조지	뭐가? 뭐가 달라? 아버진 도둑이야. 도둑은 다 도둑이야. 잡히면 신세 좆 되는 거라구요. 현실에 맞게 살자구, 제발…… 십원짜리 가치도 안 되는 연설 늘어놓지 말

고…… 그런다고 세상 안 변해요. 세상은 가진 놈들에 의해서 돌아가게 되어 있다구요.

닉 잘못된 생각이야.

조지 언제까지 아버지 뒤치다꺼리를 해야 돼, 내가.

닉 그건 미안하다만…….

조지 아버지가 나한테 가르친 게 뭐야? 꿈, 이상…… 아니잖아요. 현실. 어떻게 시는 게 이문 남는 장신지 가리치고 가르쳤잖아요. 난 배운 대로 살 테니까, 아버지도 제발 가르친 대로 살아요.

닉 뭔가 잘못되어가고 있다.

조지 그걸 이제 알았어요. 그러니까 다음부턴 강연 따윈 하지 말라구요. 누가 듣는다고…… 말 몇 마디에 사람이 바뀌겠어요? 세상이 바뀌겠어요? 절대 그런 일은 일어나지 않아요. 우리가 잡힐 확률만 높아질 뿐이지…….

닉 이건 아니야. 아무 가치도 없잖아.

조지 굶어요, 그럼? 평생 88만 원짜리 인생으로 살 순 없어요, 난. 한 달에 돈 천만 원 우습게 버는 사람들을 무슨 수로 따라가요. 이렇게라도 아니면 이런 집 구경도 못 하는 게 현실인데. 나라는 나라를 위해서만 돌아가요. 거기 사는 사람은 신경도 안 쓰죠. 잡은 기득권만 잡고 있으면 된다는 논리. 우리에겐 그들을 막을 힘이 없어요. 바꿀 힘이 없어요. 그러니 힘 빼지 말자구요.

닉 내 손에 칼이 들려있다.

조 목사　왜 이래요. 이성적으로 해결합시다.

홍 회장　설마 나는 아니지요?

임 실장　일만 커지지 덕 될 거 없어요.

조지　(조소를 흘리며) 겁먹기는…… (닉에게) 그럴 것까진 없어요. 저번처럼 해요. 사진 몇 장 남기자구요.

조지, 방으로 들어간다.

홍 회장　그냥 가면 어떡해? 저 칼은 정리를 하고 가야지.

닉　눈을 뜨면 일을 찾아 다녔고, 일하고 또 일하고…… 한 번도 최선을 다하지 않았던 적이 없었어. 여왕개미를 위해 평생 일만 하는 일개미…… 그게 나고…… 당신들이야. (칼을 자신의 목에 가져다 댄다)

애정　당신 아들은 모를 수 있어요. 세상이 바뀔 수 있다는 걸. 경험해보지 않았으니까. 정의를 부르짖는 게 낡아 보이죠.

이때, 조지가 꾸러미를 들고 나온다.

조지　도둑이면 도둑답게…… 그건 쉬운 줄 알아요? 학생이 학생답기가, 경찰이 경찰답기가, 자기답기가 가장 어려운 거예요. 빨리 끝내죠.

조지, 백일순에게 다가가서 방구석으로 끌고 가려고 한다.

백일순　왜 이래요? 그만 나 좀 빼줘요. 내 말에 기분 상한 거 있
　　　　으면…….

조지　（무거워 힘겹게 끌며) 힘들어. 말 시키지 마.

백일순　제발 죽이지만 말아요. 있는 것 다 가져가도 좋으니.

조지　（닉에게) 시간 없어요.

닉　…….

조지　아버지! 끝내자구요.

닉, 조지를 도와 백일순을 구석에 앉힌다.

조지　다음부터는 아버지가 챙겨요. 지키는 건 내가 할 테
　　　　니…… 일 많아져서 안되겠어요.

그때 인터폰에서 소리가 들린다.

수위　여사님 계십니까?

조지　쉿!

수위　여기 수위실인데요, 아무 일 없으신 거죠? 택배원과 배
　　　　달원이 올라간 지가 한참 전인데, 아직 내려온 걸 못 봐
　　　　서요. 거기 있나요?

조지, 백일순에게 귓속말을 한다. 그리고 백일순을 인터폰 가까이 끌고 간다.

백일순　괜찮아요. 주방전기가 들어오지 않아서 이분들이 도와주고 있는데 잠깐 와서 봐주세요. 아직 고치질 못 했거든요.

수위　전기는 잘 몰라서요. 퓨즈박스는 어디 있는지 아는데…… 하여튼 올라가겠습니다.

잠시후 벨 소리가 들린다.
조지가 문 뒤로 칼을 들고 서 있다.
닉은 몽둥이를 높이 들고 모두들에게 주의를 준다.
조지가 문을 열어주자 수위가 들어온다.
조지가 칼을 수위 목에 댄다.

조지　움직이지 마. 소리 내면 죽어.

수위는 아무 반응 없이 순종한다.

조지　천천히…… 알겠지? 천천히 움직여.

조지가 수위의 팔을 뒤로 해서 손목을 묶는다.
그리고 수위가 차고 있는 열쇠꾸러미를 보며…….

조지	어떤 거야? 테이프가 들어있는 박스 열쇠. 녹화된 감시 카메라 테이프 말이야.
수위	열쇠 필요 없어요. 그리고 그건 오래된 장비고, 우린 컴퓨터 씁니다.
조지	그럼 아이디와 비밀번호가 뭐야?
수위	아이디는 범나비, 비밀번호는 재수생3입니다.
임 실장	답답한…… 그걸 말하면 어떡해?
조지	닥쳐.
수위	저랑 상관없어요. 어차피 내일이면 이 직장도 끝인데…….
조지	재수를 3년이나 하냐?
수위	형님 누나들이 모두 서울대학교를 다녔기 때문에 할 수 없이 억지로…… 일종의 의무 같은 거죠.
조지	포기하지 못하게 하는 사회분위기부터가 문제야. 적절한 포기는 생산적인 선택이란 걸 인정해 줘야 되는데 말야.
수위	맞습니다. 다른 길도 길이란 걸 일찍 알았다면 내 인생은 조금은 달랐을 겁니다. 적어도 시작도 하기 전에 실패자 딱지는 붙이지 않았겠죠.
조지	니 처지를 잘 알지. 나도 같은 직종에서 근무하거든.
수위	그러면 잘 알겠네요. 저한테서 연락이 없으면 또 다른 사람을 올려 보낼 겁니다. 그게 우리 일이니까요.
조지	(닉에게) 서둘자구요.

조지, 조 목사를 끌고 백일순 옆에 앉힌다.
조지가 두 사람을 묶은 끈을 풀어준다.

조지　(조 목사와 백일순을 보며) 벗어!

두 사람, 어리둥절해 하면…….

조지　빨리!!

조지, 칼로 백일순의 재킷 단추를 딴다. 위협에 눌려 둘은 옷을 벗는다.
조명은 그들을 피해 딴 사람에게 비추고 나체가 된 두 사람은 잘 안 보인다.
조 목사와 백일순을 서로 마주보게 해 밧줄로 묶은 다음, 임 실장과 홍 회장을 같은 방법으로 묶는다.
다음 애정과 수위 차례가 되자,

조지　(수위에게) 너 오늘 호강한다. 아마 너 나고 재수가 제일 좋은 날일 거다.

그리고 수위와 애정을 묶는다.
그러는 동안 조지는 다니면서 묶여있는 사람들 머리카락을 한 움큼씩 가위로 자른다.

조지가 디카로 묶여있는 쌍쌍을 모두 촬영한다.

조지   이제 우린 간다. 너희들이 우릴 잡으려하면 지금 찍은
사진들을 인터넷에 올리겠어. 그리고 너희들 서로 장사
하고 뇌물 주는 사실도 알린다.

닉   대접 잘 받고 갑니다.

조지   기져기는 돈과 보석은 유용하게 쓸 테니 화 내지 마시
고…….

그리고 조지와 닉은 보따리를 들고 유유히 밖으로 나간다.
백일순과 임 실장이 말을 하려고 고함을 지르나 신음뿐 잘 나오질
않는다.

3막

같은 방.

방은 아직 어둑하고 창밖은 먼동이 트고 있다.

밖에서 부산스럽게 소리가 나면서 파출부가 들어온다.

무대 밝아지면서 카메라 촬영도 시작된다.

파출부   문이 열려 있네. 여사님이 아직 주무시나? 수위실도 비
         었고…… 여사님, 주무세요? 오늘 일찍 오라고 해서 새
         벽부터 준비했어요.

파출부는 스위치를 켜 방을 밝게 한 뒤 한동안 방 풍경을 본다.

음식접시와 술병, 어지러워진 테이블과 잘 정돈되지 않은 옷
등…… 그러다가 구석에서 꿈틀거리는 형체를 보다 놀란다.

이때 백일순이 안 나오는 소리를 지르고 있다.

파출부   어머나! 이건 무슨 일이 이렇게…….

파출부, 황급히 백일순의 입 수건을 풀어준다.

백일순   아유, 멍청이처럼 서 있지 말고 빨리 풀기나 해.

파출부는 모두의 끈을 푼다. 조 목사와 백일순 급히 옷을 입는다.

백일순   (옷을 대강 입고) 아이구 어깨야, 허리야…….

백일순 어깨와 허리를 주무른다.
조 목사도 비틀거리며 다리를 주무른다.

백일순   아유 죽을 고생했네. 그런데 목사님. 밤새도록 왜 그렇게 못살게 굴어요?

조 목사   (머리를 긁적거리며) 그게…… 여 집사가 도움이 될 거라며 비아그라를 구해주더라고, 복용했더니 회춘이 오는 모양이요. 그것이 내 마음대로 자제가 안 되고, 고놈이 지 마음대로 놀거든. 여자 냄새만 나면 저절로 작동하는 거라, 내 잘못이 아니고 순전히 약기운 때문에…….

백일순   뭐 쬐끄만 올챙이 같은 걸 가지고 나에게 들어올라고 사람을 밤새껏 괴롭혀요?

조 목사   (좀 기분이 상한 어조로) 그것이 잘 들어갔으면 말썽이 없었 겠는데 여사 하체가 첩첩산중처럼 여러 겹이라 힘이 들 었네요.

백일순   허허…… 첩첩산중 좋아하네. 그렇게 심산이 좋으면 중 이 될 것이지, 왜 시 한복판에 성을 짓고 목사일을 해요!

백일순, 화가 나 딴 방으로 간다.

이때 조명은 밧줄이 풀린 임 실장과 홍 회장으로 이동한다.

이미 그들은 옷을 거의 입었다.

임 실장 어휴, 허리가 끊어지는 것 같구만. 홍 회장님은 괜찮습니까?

홍 회장 참선한다고 생각하고 좌선을 했습니다.

임 실장 회장님은 치과에 가보셔야겠어요. 이가 썩는지 구강 냄새가 지독합니다.

홍 회장 주치의 말이 식도염이 있다네요. 신물이 역류하기 때문에 냄새가 나는 모양이지요. 죄송합니다. 그런데 실장님은 왜 그렇게 식은땀을 흘려요. 내가 찜질방에 온 줄 알았소. 아직 젊은 분인데 좋은 한약을 좀 드시지요. 내가 알아봐 드리리다.

파출부, 테이블에 있는 음식 접시와 술병을 주방으로 치우고 있다.

조명이 애정과 수위 앞으로 향한다.

둘, 이마와 얼굴 땀을 닦는다.

애정 아! 정말 끝내주는데……

수위 죄송합니다. 열정을 못 참았어요. 내가 만난 중에 제일 예쁜 여자입니다.

애정 역시 젊은 남자는 달라. 요즘 늙은이와 상대하느라고 옛날 젊은 친구와 노는 기억이 영 없어졌어.

수위 (죄송한 듯 고개를 숙이며) 실례가 되었지만 전 지난밤 일을 평생 잊지 못할 겁니다.

애정 남자 대장부가 뭘 하룻밤 관계했다고 미안합니까. (핸드폰을 내밀며) 여기 이름과 전화번호를 입력해요. 며칠 후 시간이 있으면 연락할게.

수위 (버튼을 누르고) 꼭 불러주세요. 저녁은 제가 대접할게요.

서로 얘기하는 두 사람을 보는 임 실장, 기분이 좋지 않다.

임 실장 그렇게 나를 좋아하는 것 같이 굴더니 기회가 생기니까 당장 젊은 놈하고 놀아나네.

수위, 무안한 듯 인사를 하고 밖으로 나간다.

애정 그렇게 됐네요. 그렇다고 실장님과 모르는 사이로 지내고 싶지는 않아요. 실장님이 좀 더 용감했으면 이런 일은 막을 수도 있었는데, 아무튼 앞으로 힘없는 저를 더 보호해 주세요.

백일순이 상기한 얼굴로 나온다. 모자를 썼다.
이제 모두 천천히 소파에 앉는다.
파출부가 이때 주방에서 나온다.

파출부   여사님 괜찮아요? 경찰에 연락할까요?

모두들 이구동성으로 파출부 보고 입을 막으라는 표시를 한다.

백일순   이 일은 우리가 처리할 테니 아무에게도 말하지 말아요.

파출부를 나가라는 듯 손짓을 한다.
모두들 한동안 말이 없다.

백일순   (실장에게) 어떻게 하면 좋죠? 경찰서장을 불러 몰래 그놈들을 잡아 능지처참을 시킬까요? 아니면 사설탐정을 사서 쥐도, 새도 모르게 반죽임을 할까요? 아유 분해. 내가 좋아하는 다이아 팔찌, 목걸이, 귀걸이 몽땅 가져갔어.

조 목사   고얀 놈들, 교회와 하나님을 농락하다니…….

임 실장   일이 쉽지 않습니다. 감시카메라 화면도 없고, 그놈들을 잡는다 해도 여깄는 우리가 증인이 돼야 하는데…… 우리 모임이 노출 돼봐야 기자들만 좋아라 날뛸기고…….

홍 회장   우리 꼴을 보세요. 쥐 파먹은 머리에 나체 사진, 특히 희귀한 포즈를 취한 사진들이 인터넷에 나면 신문기자 따위는 상대가 안 될 거요.

애정   포르노 사진을 보려고 인터넷이 다운 나겠네.

임 실장   덮읍시다. 모두 잊어요. 악몽 꿨다 생각하고 단념합시다.

홍 회장   맞아요. 잊어버립시다. 잃은 돈은 우리가 모아서 다음 회합 때 실장님께 드릴게요.

백일순 그런 놈 확 뒤지게 두지 왜 말려?

애정 사람 몸에 피가 얼마나 많은데…… 이 바닥 다 적실 텐데요. 그 피 위에 올라앉고 싶어요. 냄새는? 지워지지도 않아요.

백일순 하긴 카펫 간 지도 얼마 안 되는데…….

홍 회장 그런 일 있어봐야 사람들 입에나 오르내리고 집값만 떨어지지.

이때 파출부가 커피와 **토스트**를 차려와 테이블에 놓는다.

백일순 모두들 오세요. 간단히 아침 요기들 하자구요.

모두들, 테이블에 앉는다.

조 목사 기도합시다.

목사, 기도를 시작한다.
음악이 배경음으로 들린다.

조 목사 하늘에 계신 우리 아버지…… 지난밤의 시련도 주님의 시험이라고 믿습니다. 오직 계속하여 저는 주님을 위한 사업확장에 정진을 하겠습니다. 항상 영생을 위한 우리

의 노력에 축복을 하여 주시기를 바라며 예수 그리스도
의 이름으로 기도합니다. 아멘.

모두   아멘.

음식을 먹는 그들…….

홍 회장   아! 커피 맛 좋다.

백일순   국내 건 못 먹어요. 싱거워서…… 외국 갔다가…….

임 실장   우리 더 이상 모이지 맙시다.

백일순   왜 그러세요. 우리 모임에 임 실장님 같은 애국자가 빠
지시면 무슨 의미며, 나라 걱정은 누가 해요.

조 목사   시련이 없다면 주님과 만날 수 없습니다.

홍 회장   임 실장님! (악수를 청하며) 우리, 나라 한번 살립시다.

임 실장, 잠시 망설이다 홍 회장의 손을 잡는다.

임 실장   나라를 살리긴 살려야겠지요.

모두들 유쾌하게 웃는다.
멀리서 동이 터 오른다.
해가 떠오르는 창가로 애정이 간다.
비스듬히 창을 기대고 혼자 모놀로그를 한다.
음악이 흐르고…….

애정 나는 왜 여기…… 맴돌고 있나. 아마 특유한 중력 때문일 테지. 이 중력은 나를 묶고 있어. 여름에 곤충들이 불을 따라 모이듯이, 가진 자들은 나를 쓰고 버리는 물건처럼 생각하지만 나는 그들을 용서해…… 어리석은 인간들에겐 내가 필요하고, 나는 즐거이 아량을 베풀지. 내 마음은 이 요지경을 더럽게 보지 않아. 재미있고 신기하며 항상 평화가 있지. 지금처럼 밝게 솟아오르는 해를 보고, 달빛 잠긴 호수 위로 흘러가는 배를 보는 정서가 있다면 이 무수한 변화와 기적을 즐기고 내 삶을 마칠 의무가 있다고 생각해. 이 우주를 봐. 우리가 사는 지구에서 가장 가까운 별까지는 42광년이 걸리고, 그런 별들이 몇십억 개가 산재해 있지만, 지금까지 발견된 건 지구가 유일한 생명체의 온상이야. 그 많은 별들에는 아무도 살지 않는데. 우주가 지구만한 크기라면 이 지구는 티끌만치도 못한 것인데 그 곳에서 우리가 유일하게 산다는 것 그리고 내가 그렇게 많은 경쟁을 물리치고 태어났다는 것, 이것은 기적이 아니면 얼마나 힘들게 성취한 선택이겠어. 이렇게 귀한 생명을 함부로 버릴 수는 없어. 일시적으로 머물고 가는 삶이지만 이 짧은 삶도 나에게는 유일하고 내게 주어진 전부야. 나는 이것을 완성해야해.

무대 암전된다.

어둠 속에서 카메라맨의 목소리가 들린다.

카메라 잠깐만요. 이대로 끝나는 겁니까?

무대 불이 순간 다시 켜지고……
이하 카메라맨의 대사가 이어지는 사이 무대 위 배우들은 서로 가벼운 인사 정도를 나누며 퇴장한다. 마치 그들에겐 카메라맨의 목소리가 들리지 않은 듯 말이다.

카메라 아직 아무 말도 못 했는데 이대로 끝나는 겁니까? 여기에 있는 우리들의 말도 들어주세요. (객석에게) 이봐요. 당신들도 하고 싶은 말 있잖아요? 이봐요! 이봐요!

무대 암전되면서 카메라맨의 외침도 어둠에 묻힌다.
막이 내린다.

한국 희곡 명작선 34

애국자들의 수요모임

초판 1쇄 인쇄일   2021년 1월 10일
초판 1쇄 발행일   2021년 1월 20일

지 은 이   김수미
만 든 이   이정옥
만 든 곳   평민사
           서울시 은평구 수색로 340 〈202호〉
           전화 : 02) 375-8571
           팩스 : 02) 375-8573
           http://blog.naver.com/pyung1976
           이메일 pyung1976@naver.com
등록번호   25100-2015-000102호
ISBN   978-89-7115-732-9   03800
           978-89-7115-663-6 (set)
정   가   6,000원